STANDING
EGG
×
YERAN

REMINISCENCE

어제의 우리들
R E M I N I S C E N C E

스탠딩에그 글

✕

예란 그림

마음시선

노래가 바뀔 때마다 난
또 네가 떠올라

Every time a new song is turned on
you come up to my head

왜 난 모든 가사에
그토록 너를 추억하는 걸까

Why would every line
remind me of you

계절이 바뀔 때마다 난
또 네가 떠올라

Every time season changes
you come up to my head

왜 난 모든 계절에
그토록 너를 사랑했던 걸까

Why did I love you so much
in every season

너, 나, 우리 함께였던 그 계절의 모습이
거짓말처럼 선명해

The season we were together
It is unbelievably clear

너에게 닿고 싶어

I want to reach you

잊으려고 아무리 뒤척이고 지새워도
여전히 들어오는 한줄기 아침 해처럼

I stay overnight trying to forget you
But like a ray of sun coming from somewhere

내 하루 어딘가 남아 있어

You remain in my day

잠들지 못할 때마다 난
또 네가 떠올라

Everytime I can't get to sleep
You come up to my head

왜 넌 모든 순간에
그토록 나를 사랑했던 걸까

Why did I love you
in every moment

너, 나, 우리 함께였던 그 계절의 모습이
거짓말처럼 선명해

The season we were together
It is unbelievably clear

너에게 닿고 싶어

I want to reach you

잊으려고 아무리 뒤척이고 지새워도
여전히 들어오는 한줄기 아침 해처럼

I stay overnight trying to forget you
But like a ray of sun coming from somewhere

내 하루 어딘가 남아 있어

You remain in my day

언젠가 다시 한번 더
사랑을 한다 해도

One day if we love each other
once again

그날 우리처럼, 그때 하늘처럼
눈부실 수 있을까

Will we shine
like how the sky was then

기다릴게

I will wait

언젠가 함께였던 그 계절로 돌아가
거짓말처럼 한 번 더
네 손을 잡고 싶어

Going back to the season we once were together
I want to hold your hand
once more

잊으려고 아무리 찾아내고 지워봐도

However I try to find you, erase you

여전히 나타나는 내 작은 방 한구석에
너의 낙서처럼 남아 있어

You remain like a scribble
on the corner of my wall

어제의 우리들 가사

노래가 바뀔 때마다 난
또 네가 떠올라

왜 난 모든 가사에
그토록 너를 추억하는 걸까

계절이 바뀔 때마다 난
또 네가 떠올라

왜 난 모든 계절에
그토록 너를 사랑했던 걸까

너 나 우리 함께였던 그 계절의 모습이
거짓말처럼 선명해
너에게 닿고 싶어

잊으려고 아무리 뒤척이고 지새워도
여전히 들어오는 한줄기 아침 해처럼
내 하루 어딘가 남아 있어

잠들지 못할 때마다 난
또 네가 떠올라

왜 넌 모든 순간에
그토록 나를 사랑했던 걸까

너 나 우리 함께였던 그 계절의 모습이
거짓말처럼 선명해
너에게 닿고 싶어

잊으려고 아무리 뒤척이고 지새워도
여전히 들어오는 한줄기 아침 해처럼
내 하루 어딘가 남아 있어

언젠가 다시 한번 더
사랑을 한다 해도

그날 우리처럼, 그때 하늘처럼
눈부실 수 있을까
기다릴게

언젠가 함께였던 그 계절로 돌아가
거짓말처럼 한 번 더
네 손을 잡고 싶어

잊으려고 아무리 찾아내고 지워봐도
여전히 나타나는 내 작은 방 한구석에
너의 낙서처럼 남아 있어

REMINISCENCE LYRICS

Every time a new song is turned on
you come up to my head

Why would every line
remind me of you

Every time season changes
you come up to my head

Why did I love you so much
in every season

The season we were together
It is unbelievably clear
I want to reach you

I stay overnight trying to forget you
But like a ray of sun coming from somewhere
You remain in my day

Everytime I can't get to sleep
You come up to my head

Why did I love you
in every moment

The season we were together
It is unbelievably clear
I want to reach you

I stay overnight trying to forget you
But like a ray of sun coming from somewhere
You remain in my day

One day if we love each other
once again

Will we shine
like how the sky was then
I will wait

Going back to the season we once were together
I want to hold your hand
once more

However I try to find you, erase you
You remain like a scribble
on the corner of my wall

오늘의 우리들 _ '어제의 우리들'이 탄생하기까지

― 에그2호 × 예란 대담 ―

에그2호 안녕하세요, 예란 작가님. 반갑습니다.

예란 안녕하세요, 일러스트레이터 예란입니다. 반갑습니다.

에그2호 지난번 그림비 작가님이랑 『여름밤에 우린』 일러스트북을 만들고 나서, 이번에 예란 작가님이랑 『어제의 우리들』을 만들게 되었는데요. 저희가 그전에도 같이 〈어제의 우리들〉 노래로 작업을 했었죠. 그때 너무 좋았어서 언젠가 다시 꼭 작업을 했으면 좋겠다 싶었는데, 이렇게 일러스트북으로 함께하게 됐어요.

예란 네.

에그2호 제가 처음에 같이 작업하자고 말씀드렸을 때 작가님께서 흔쾌히 수락해주셨는데, 그때 바로 떠오르는 그림들이 있으셨어요? 궁금해요.

예란 일단은 제안해주셔서 너무 좋았고, 바로 하겠다고 말씀드렸는데, 처음에 노래 선택권을 저한테 주셨잖아요. 여러 가지 생각을 하다가 역시 가장 먼저 〈어제의 우리들〉을 떠올렸는데…….

에그2호 사실 노림수였기 때문에……. 편하게 떠올리시라고 했지만 당연히 이 노래를 떠올리지 않을까 했어요. (웃음) 제가 꽤 치밀하잖아요.

예란 당연히 제일 먼저 생각했는데, 〈오래된 노래〉도 잠깐 생각했어요. 분위기가 비슷한 부분이 있고 해서. 그래도 역시 〈어제의 우리들〉이 개인적으로 애정도가 좀 있어서…… (웃음) 저도 그때 음원으로 일러스트 콜라보 했을 때 너무 좋았거든요. 작업도, 음원이 좋다보니까 신나서 막 잘됐어요. 그림이 잘 나와서 저도 마음에 들었는데, 좋다고 하시니 다행이네요.

에그2호 저는 원래 일러스트 하시는 분들한테 엄청 관심이 많거든요. 많이 찾아보고 하는데, 요즘 일러스트 그리시는 분들 너무 많지만, 예란 작가님은 진짜 그림을 잘 그리셔서. 작가님은 그림만으로도 마음을 좀 아련하게 만드는 그런 마법 같은 스킬을 갖고 계셔서 꼭 같이 하고 싶었습니다.

예란 칭찬 감사합니다. (웃음)

에그2호 혹시 작가님도 저에게 칭찬 한마디 해주실 수 있으신지. (웃음)

예란 아, 최근에 콘서트 초대해주셨잖아요.

에그2호 아, 네네.

예란 제가 콘서트를, 살면서 그때 처음 가본 건데,

에그2호 아, 정말요?

예란 너무 좋아서 정말 그 뒤로 스탠딩에그 노래를 계속 들었어요. 제가 학원에서 수업하잖아요. 수업 시간에 노래 선곡을 직접 해서 틀 수 있거든요. 3시간 동안 계속 플레이하고, 진짜.

에그2호 그렇게 해서 저한테 또 저작권료가 이제. (웃음)

예란 그렇네요. (웃음)

❀

에그2호 이번에 『어제의 우리들』 책에 들어가는 그림들을 보고 제가 느낀 건, 사실 저랑 작가님이랑 같은 동네 살거든요. 그러다보니까 그림 속 장면들이 저도 실제로 봤던 곳이라서, 저는 좀 더 좀 몰입이 됐던 것 같아요. 어떻게 공간들을 선정하셨는지 궁금해요.

예란 이번 책 작업할 때 장소를 좀 중요하게 생각했어요. 평소에도 장소에 대한 애착이 조금 있는 편이어서……. 기억에 남거나 좋았던 곳은 항상 자료로 남겨두는 편이라, 찍어뒀던 사진들을 꺼내 작업을 하다보니

자연스럽게 제 주변의 풍경들이 나오게 된 것 같아요.

에그2호 제일 처음으로 떠올렸던 그림이 있으신가요?

예란 홍제천 다리 건너는 장면을 풀 컷으로 처음부터 생각하고 그렸어요. 과거랑 현재를 교차하는 느낌으로 하고 싶어서요. 〈어제의 우리들〉 노래 가사가 현재의 내가 과거에 연인이었던 우리를 회상하며 추억하는 이야기인데, 그래서 이번 책의 그림에서도 과거와 현재를 구분해서 표현해봤어요. 과거와 현재가 만나는 장면은 그 그림 하나예요.

에그2호 그 장면 딱 펼쳤을 때 저 소름 돋았잖아요.

예란 감사합니다. (웃음)

에그2호 저는 강아지 키우잖아요. '망고'라고. 망고가 이 징검다리를 매일 건너요. 이 다리를 엄청 좋아해서 여기를 몇 번씩 왕복할 때가 있어요. 그래서 저한테는 개인적으로도 추억이 있는 곳이라, 이 페이지 딱 봤을 때 정말 멋지다 생각했어요.

예란 저는 마포구 이사 왔을 무렵에 홍제천에 자주 갔었어요.

에그2호 그러면 또, 이번 그림들 중에서 제일 마음에 드는 그림이 있으시나넌?

예란 전반적으로 마음에 드는데 그중에서도 꼽아보자면 '성산로 22길' 그림이요. 제가 되게 좋아하는 장소거든요. 연세대학교 앞에 있는 굴다리인데, 좀 감성적인 느낌이 있어서 드라마 촬영 장소로도 많이 나온 걸로 알거든요. 꼭 한번 그려봐야지 생각했는데, 이번에 작업하면서 그릴 수 있어서 좋았고. 엄청 신경 써서 그렸던 장면이에요.

에그2호 아, 그리고 예란 작가님은 빛을 아주 예쁘게 표현하시는데, 빛 표현에서 특히 중요하게 생각하는 것이 있으신가요? 이 책을 사는 분 중에 일러스트레이터가 되고 싶으신 분들도 많으실 테니까, 꿀팁이랄까.

예란 음, 제가 빛을 신경 쓰기 시작한 건, 아무래도 산책하는 걸 좋아해서, 그때 좀 관찰을 많이 했던 것 같아요.

자연 풍경이 계절이나 시간대에 따라서 계속 바뀌잖아요. 시시각각 달라지는 모습을 보는 게 순수하게 너무 좋아서. 내가 봤던 거, 그 느낌을 좀 살리려는 시도를 계속했어요.

테크닉적인 부분으로 얘기하면 아이패드로 디지털 페인팅을 시작하면서부터 빛 표현이 극대화된 것 같아요. 아이패드가 기능적으로 빛이나 그림자 같은 걸 표현하기에 적합하거든요. 저는 그런 툴 다루고, 배우는 것도 좋아해서 연구를 조금 많이 했고.

에그2호 아.

예란 그리고 디지털이 아무래도 수정이 잘 되니까, 과감하게 이것저것 해봤던 게 도움이 많이 됐던 것 같아요.

에그2호 그러면 이제 막 일러스트를 시작하는 친구들도, 예를 들면 예전에 펜으로 그리던 시절보다는 훨씬 좀 진입하기 쉬워졌나요?

예란 아이패드 수업을 하면서, 기존에 그림을 배운 적이 한 번도 없다는 분들을 많이 만나는데, 수작업으로 할 때보다 훨씬 따라가기가 쉬운 것 같더라고요. 처음 해보시는 분들인데 퀄리티가 어느 정도 좀 나오고 하는 거 보면, 디지털이 아무래도 도움이 많이 되는 것 같아요.

※

예란 저도 질문이 있어요. 저는 이 노래를 처음 듣고서 레트로하다는 느낌을 받았고, 첫사랑을 회상하는 노래 같다는 생각도 들었는데요. 어떻게 이 곡을 쓰시게 되셨어요?

에그2호 〈어제의 우리들〉이 사실, 저한테도 큰 의미가 있는 곡이에요. 제가 한 10년 정도 노래를 계속 썼는데. 그동안 연애를 하고 결혼도 해서 이제 과거와는 다른 지금의 제가 되었거든요. 이 노래는 예전의 저를 생각하면서 썼던 곡 같아요. 그래서 제목도 처음부터 〈어제의 우리들〉이라고 꼭 쓰고 싶었고, 저라는 사람 자체를 노래로 표현하고 싶었어요. 정말 눈부시게, 열심히 치열하게 음악을 만들었던…… 아직 이룬 건 없는데 가능성으로 가득 차 있었던 시절 자체의 느낌을 좀 생각하면서. 그때의 나라면 연애담을 어떻게 곡으로 표현했을까, 생각하면서 이 곡을 작업했어요.

예란 아…….

에그2호 가사에서 꼭 넣고 싶은 단어가 '낙서'였어요. 어린 시절의 연애라는 건 사실 자신의 마음을 문학처럼 말끔하게 표현하거나 그러지 못하잖아요. 낙서처럼 뭔가 엉성하고. 그런데, 그게 나름의 느낌이 있는 거죠. 더 기억에 남고. 그래서 맨 마지막에 우리의 그런 추억들이 내 방 안에, 아무리 치우려고 해도 네가 어딘가에 해놓은 낙서처럼 남아 있다고 썼는데, 그 가사를 제일 처음에 쓰고 나머지를 쓰기 시작했어요.

앞으로 오랫동안 음악을 할 텐데, 나중에 더 많은 시간이 지났을 때 이 곡이 저희의 대표곡 중 한 곡이 돼 있지 않을까, 그런 마음도 들어요. 그래서 이 노래를 부르는 걸 생각만 해도 약간 마음이 뜨거워지는 게 있어요.

예란 2호님은 '배달의 민족' 뉴스레터에 음식 관련 글도 쓰셨고, 두루미 양조장과 콜라보해 〈오래된 노래〉 전통주도 만드셨고, 또 이번에 저와 협업해 일러스트북도 만들고 계시는데, 그러면서 가수로서의 본업도 하시면서 콘서트도 하시고요. 이런 에너지가 대체 어디에서 나오시는지, 일정 관리 같은 것들은 어떻게 하시는지 궁금해요.

에그2호 사실 관리가 잘 안 되고 있고, 오늘도 뵙기 전에 펑크가 날 뻔했고. (웃음)

예란 이런……. (웃음)

에그2호 사실 일이 많긴 해요. 음악 잡지도 만들고, 책도 만들고, 저희 음반 준비하고, 공연도 하고. 이러다보니까 지금 정신이 하나도 없긴 한데.

최근 들어서 더 그런 생각하는 것 같아요. 아까 〈어제의 우리들〉 노래 만든 배경에 대해서도 말씀을 드렸지만,

처음 시작할 때만큼 뜨겁게 해봐야지, 그게 저한테는 지난 1, 2년간 모토였어요. 그래서 잠도 덜 자고. 안일해지지 말고 계속 최선을 다해봐야지, 내가 지쳐서 더이상은 못 하겠어, 라는 말이 나올 만큼 좀 해봐야겠다는 생각을 많이 했고. 그 이유 중에 하나는, 요즘 힘들다고들 많이 말하잖아요. 근데 그럴 때 전력으로 부딪히면 어떻게 되는지를 스스로 좀 시험해보고 싶었어요.

예란 그래서 이렇게, 일러스트북도 만드시고. (웃음)

에그2호 일러스트북은 특히, 노래 가사를 한번 더 사람들한테 의미 있게 전달하고 싶은 욕심 때문인 것 같아요. 요즘, 사람들이 노래 하나를 집중해서 들을 시간이 없잖아요. 그러니까 노래에 어떤 스토리가 있는지 들을 기회도 없고. 우리가 어렸을 때 들었던 노래가 기억에 오래 남아 있듯이, 그렇게 되기 위해선 이야기를 통해서, 노래 한 곡도 의미를 가지고 사람들한테 전달하고 싶어요.

최근 1년간 제가 하고 있는 일들이 다채롭긴 하지만 결국은 똑같은 것 같아요. 어떻게 하면 우리가 만드는 음악을 사람들이 조금이라도 더 진지하게 듣게 만들 수 있을까. 그걸 고민하면서 열심히 하고 있고. 또 그게 좀 동력이 되는 것 같고.

예란 잘돼야겠네요.

에그2호 이 책이 또 그렇죠. 제가 『여름밤에 우린』 때도 이 얘기한 것 같은데. (웃음) 이 책이 잘돼야 3권을 다시 또 열정을 가지고 만들 수 있기 때문에. 잘됐으면 좋겠습니다.

예란 그렇게 될 거예요. (웃음)

에그2호 그렇죠. 오늘 시간 내주셔서 감사하고, 즐거운 시간이었어요. 고맙습니다.

예란 저도 감사합니다.

이 책에 실린 그림

환절기   농구 코트   홍제천 - 가을   연대 앞

심상   저녁 밥   어제의 오후   안녕

가을 석양   성산로 22길   가을 석양 2   단풍

만개   경의선 숲길 3월   가로등   어제의 우리들

정돈   5 A.M.

어제의 우리들

© 스탠딩에그, 예란, 2022

초판 1쇄 인쇄 | 2022년 10월 20일
초판 1쇄 발행 | 2022년 10월 28일

글 | 스탠딩에그
그림 | 예란
영문번역 | 김지호

편집 | 김수현
디자인 | 반반

펴낸이 | 김수현
펴낸곳 | 마음시선
등록 | 2019년 10월 25일(제2019-000097호)
주소 | 서울시 마포구 신촌로2길 19, 마포출판문화진흥센터 318호
이메일 | maumsisun@naver.com
인스타그램 | @maumsisun
ISBN 979-11-980224-0-0 03810